Código Penal para castigar los delitos de funcionarios públicos, promulgado por el padre Cobos

Ireneo Paz

Primera edición: 2020

2020, Zona Paz A.C., por la edición

Ángel Gilberto Adame, Dinorah Montiel y Aline Silva compilación y notas

Ireneo Paz, autor

Diseño de portada: Patricio López

Calle Montes Urales Norte No. 220,

Lomas de Chapultepec, Miguel Hidalgo, 11000,

Ciudad de México

ISBN: 978-607-29-2308-9

Producido en México

Índice

Exposición de motivos

En sus raíces latinas, la palabra corrupción está relacionada con el efecto de destruir o alterar. Antes de que dicho vocablo se adentrara en el lenguaje jurídico, se le relacionaba principalmente con la medicina como sinónimo de enfermedad, se corrompía, por ejemplo, la sangre. Más adelante se extendió a ambientes sociales para calificar a los perversos e inmorales. De ahí que se relacione al comportamiento ilegal de los actores políticos con un mal social. La corrupción judicial fue la primera en hacerse pública, ya que se tiene registro de sus desvíos al aceptar dinero por dejar de lado a la justicia. Desde la aparición de la figura del *iudex pecunia corruptus* en el pasado latino, se intentó frenar sus acciones mediante diversas legislaciones que se asentaron en la compilación de Justiniano. El poeta Horacio sintetizó una verdad que, hasta nuestros días, tiene vigencia: *Male verum examinat omnis / corruptus judex*; todo juez, cuando está corrompido, discierne mal la verdad. Para el siglo XII, se condenó el *crimen corruptionis* y se acordó que el "*iudex corruptus* es el juez que recibe dinero de una de las partes para sentenciar injustamente (vale decir, el juez que corrompido por el dinero corrompe la justicia). O lo que es igual, en los términos de una glosa afortunada, el juez que recibe dinero de un particular"[1].

En el México independiente, el adjetivo se extendió a todas las malas prácticas de la administración y los castigos impuestos poco ayudaron. En 1870, la expedición de la primera legislación penal para la capital, el Código Martínez de Castro, hizo concebir la esperanza de que la situación cambiaría. Sin embargo, dicha normativa ni siquiera contempló a la corrupción como un delito y tan sólo dedicó un título a los "delitos de los funcionarios públicos en el ejercicio de sus funciones", donde se tipificaba la anticipación o prolongación de funciones públicas, el abuso de autoridad, la coalición de funcionarios, el cohecho, el peculado y la concusión.

Ante la falta de resultados en la erradicación de la corrupción, pronto se comprendió que quizás el remedio más efectivo es la develación pública del corrupto y los medios de difusión han sido un escenario propicio para ello. En el siglo XIX, la prensa mexicana hizo uso de una poderosa herramienta: la sátira. Las asociaciones políticas que aparecieron en ese siglo fueron el blanco de más de un periodista o caricaturista que señalaba hiperbólicamente sus actos deshonestos. El humor se

---

[1] Carlos Carriga, "*Crimen corruptionis.* Justicia y corrupción en la cultura del *ius commune*" en *Revista Complutense,* junio 2017, p. 26

convirtió en el arma más fina y sutil de aquellos años, especialmente cuando el juarismo llegaba a su fin y Sebastián Lerdo de Tejada buscaba consolidarse en la presidencia. Algunos periódicos de la época —*El Tecolote, La Ley del Embudo, La Carabina de Ambrosio, El Ahuizote, El Cascabel*— entraron en francas rivalidades políticas y, desde sus imprentas, lanzaban mordaces comentarios:

> Los periódicos satíricos, en el pasado como en el presente, independientemente de la causa que defiendan o la bandera que enarbolen, exponen las fisuras del orden público porque su objetivo central es poner énfasis en los errores, en aquello que consideran que está mal, aquello en donde fallan los gobernantes, en las promesas incumplidas, las traiciones ideológicas, los manejos turbios y casi todo lo que provocaba malestar popular.[2]

Sin importar el grupo al que se perteneciera, el mal de la corrupción fue un telón de fondo que Ireneo Paz trató de atacar. En 1869, el periodista jalisciense fundó *El Padre Cobos,* "Periódico alegre, campechano y amante de decir indirectas… aunque sean directas". Este diario tuvo diferentes etapas; su irreverencia lo hacía blanco fácil de censuras.

El Padre Cobos se publicó por primera vez del 21 de febrero al 20 de junio de 1869, mientras Ireneo Paz estaba en prisión en la Ciudad de México. El periódico circuló bajo el anonimato del autor durante algunos meses, pero al ser descubierto tuvo que cerrarlo a cambio de la libertad[3]. La premisa en sus primeros números era la siguiente:

> Empezamos por encomendarnos con alma, vida y corazón a lo más fuerte que hay, ha habido y habrá en todos los alrededores, esto es, al primer ministro, al alter ego del Sr. Presidente, para que salgamos con felicidad en nuestra tarea de escribir un periódico para el pueblo en son de verdad, con el fin único de hacerle bien y buena obra, refiriéndole entre probadita y probadita de sal y de pimiento, todo lo que está por pasar, si Dios no lo remedia, con menoscabo de

---

[2] Fausta Gantús, "Prensa satírica y poder político" en *Amnis*. Disponible en: https://journals.openedition.org/amnis/755

[3] Antonia Pi-Suñer Llorens, "Entre la historia y la novela. Ireneo Paz" en *La república de las letras: asomos a la cultura escrita del México decimonónico*, México, UNAM, 2205, p. 383.

los derechos de ese mismo pueblo a quien siempre se invoca y de quien se hace maldito el caso.

Aparecía dos veces a la semana, los jueves y los domingos. A partir de junio contó con las ilustraciones de Alejandro Casarín[4]. Según Napoleón Rodríguez, "El nombre de El Padre Cobos fue una clara imitación del humorismo español representado por un clérigo regordete y glotón –recuérdese que Lerdo fue 'jesuita' y amante de la buena mesa– en la caricatura de referencia se manifestaba su hondo sentido anticlerical"[5].

El nombre de la publicación no es original de Ireneo Paz. Durante el bienio progresista en Madrid de 1854 a 1856, se publicó un semanario homónimo, satírico y muy popular: *El Padre Cobos, periódico de literatura y artes*, encabezado por Cándido Nocedal. El primer número, del 24 de septiembre de 1854 enunció: "El Padre Cobos enarbola la bandera de la moralidad en el terreno de las artes y de las letras, invadido por el charlatanismo, el pandillaje, y lo que es peor, la ineptitud", palabras que inspiraron directamente al editor mexicano.

En 1874, Paz imprimió el *Código penal para castigar los delitos de los funcionarios públicos promulgado por el Padre Cobos*. Este libelo satírico pretendía denunciar a las principales figuras de la escena política y parodiaba aquellos aspectos legales que carecían de practicidad o coherencia. De inmediato fue muy bien recibido, y se agotó de inmediato, llegando a tener tres ediciones. En *El Siglo Diez y Nueve* se leyó al respecto:

Firme en su puesto, en su estilo Y en sus bravas indirectas, no se limitado a clamar y protestar contra los abusos y las cómicas debilidades de los que llevan sobre si la pesada obligación de gobernar. Sin duda el reverendo cofrade exasperado de ver que poco se consigue con la simple crítica de la palabra y del dibujo, ha publicado un código penal para castigar los delitos de los funcionarios públicos por el cual se impone hasta el Impala miento (en imagen por supuesto) precediendo el juicio respectivamente para comprobar la culpabilidad y disminuyendo la pena en caso de enmienda.No carece de interés este nuevo método para desahogar a la opinión pública, que usará del castigo

---

[4] Escultor y caricaturista (1840-1907), autor de las estatuas de los Indios Verdes en 1890.

[5] Napoleón Rodríguez, *Ireneo Paz.Letra y espada liberal*, México, Fontamara, 2002, p. 51.

único que puede emplear.

No tardará el Padre Cobos en dar a luz algún proceso y en exhibir al culpable, castigado conforme al citado código.[6]

Otros diarios como *Eco de Ambos Mundos, Monitor, Colonia Española* y *El Correo del Comercio* también aplaudieron la iniciativa del jalisciense: "vale la pena este trabajo de analizarlo con calma", "es de cosecha propia, muy ingenioso y admirablemente impreso" fueron algunos de los comentarios en rotativas.[7]

Su propósito era "castigar los delitos, abusos, omisiones y en general las faltas grandes y chicas de los funcionarios públicos y empleados de todas categorías, vigente en la República, y más principalmente en esta capital". Se componía de 26 cuartillas en las que repasaba los crímenes que, a juicio del editor, eran los más perniciosos de la clase política. Se dividió en cinco capítulos, constó de 22 artículos donde se tipificaban y se castigaban diversos delitos y se publicó bajo el lema "Independencia y a fajarse los calzones".

El Código era gratuito para los suscriptores de *El Padre Cobos,* lo que también aumentó las ventas del periódico. Al público en general se vendía en dos reales. El genio del periodista lo llevó a procesar mediáticamente a los personajes que, según su criterio, merecían escarnio. Así, el 26 de marzo, se publicó el juicio contra el ingeniero Blas Balcárcel, quien había sido ministro de Fomento durante el gobierno de Juárez y se perpetuaba en el mismo puesto con Lerdo.

El juicio era presidido por el padre Cobos, los secretarios eran diferentes en cada sesión, mientras que doña *Caralampia Mondongo* ejercía la fiscalía, ella representaba la voz del pueblo, advertía no entender de retóricas, ni de peinar el estilo, "ni de sacar huevo de donde no hay gallinas", por lo que sus declaraciones no serían elegantes, en cambio serían sinceras; distinguiría "las brevas de los cacahuates". Luego de presentar los cargos, el juez debía deliberar con base en los artículos del Código. Al finalizar, se dictaba sentencia.

Otros que pasaron por el tamiz del Código fueron: Francisco Mejía, secretario de Hacienda de Juárez y Lerdo; Ignacio Mejía, ministro de Guerra también en los dos mandatos; José María Lafragua, encargado de Relaciones; José María Iglesias, presidente de la Suprema Corte de Justicia; José Díaz Covarrubias, secretario de Justicia y ministro de Instrucción, y el mismo titular del Ejecutivo, Sebastián

---

[6] Ignacio Silva, "El padre Cobos" en *El Siglo Diez y Nueve,* 2 de marzo de 1874, p. 2.

[7] "Código Penal" en *El Padre Cobos,* 8 de marzo de 1874, p. 4.

Lerdo de Tejada. De todos ellos, sólo Ignacio Mejía y Díaz Covarrubias vieron sus caricaturas entre las penas otorgadas. De Lerdo se dijo que los dibujos saldrían, pero al final, no apareció.

En 1875, Ireneo Paz publicó *El Almanaque del Padre Cobos*, una obra menos combativa, y relegó al olvido su Código. Este comportamiento puede obedecer al fortalecimiento de la figura de Díaz, candidatura que el editor apoyó y promocionó en las elecciones del año siguiente. El clima político sosegó la sátira del padre Cobos y ésta permaneció mantuvo inmutable, una larga temporada hasta las intenciones de Díaz evidenciaron que para combatir la corrupción aún faltaba un largo camino.

CÓDIGO PENAL

Para castigar los delitos, abusos, omisiones y en general las faltas grandes y chicas de los funcionarios públicos y empleados de todas categorías, vigente en la República, y más principalmente en esta capital, desde un año antes de su publicación.

TÍTULO PRELIMINAR

La prensa de la República, representada por los órganos que suscriben, de los tres partidos que combaten actualmente en la liza política y a los cuales convienen los tres colores de la bandera nacional, a saber:

El verde, a la oposición liberal, (por la esperanza).
El blanco, a los mochitos, (porque ya no sirven más que de blanco a todo el mundo).
El colorado, a los lerdistas, (¡si la tuvieran...!)

Cuya prensa reunida y, discurriendo el modo de poner en práctica severa algunas medidas convenientes para detener los males que descubren su origen en los que maman del tesoro público, y,

CONSIDERANDO:

1°. Que los que no maman tienen que estar con el ¡Jesús! en la boca temiendo los atropellos de los que maman;
2°. Que, bien vista la cosa, la moral se va como entierro de pobre;
3°. Que ya los gatos quieren zapatos;
4°. Que a la ocasión la pintan calva;
5°. Que no todos quieren saborear el freno;
6°. Que mientras más uno se agacha...
7°. Que D. Sebastián se levanta tarde y come más de lo conveniente;
8°. Que tío Nacho come poco y casi no duerme;
9°. Que en las batallas de política el pueblo hace a Lázaro;

10°. Que los consejos, amonestaciones y ruegos, ya se han agotado en la botica de la paciencia;

11°. Que se necesita adoptar un tratamiento enérgico;

12°. Que los congresos que podían ser el remedio, salen peores que la misma enfermedad;

13°. Que la causa de la ruina general es la mala conducta de los funcionarios públicos;

14°. Que ésta seguirá siendo pésima si no se le pone un freno;

15°. Y que hay un principio reconocido en el pacto social que dice: *el que la hizo que la pague.*

Por estas razones, otras que se callan, y en uso de las facultades concedidas por el instinto de la propia conservación, el honor patrio y la vergüenza, se ha tenido a bien decretar el presente Código.

CAPÍTULO PRIMERO

ART. 1°

DE LOS DELITOS

Son delitos de los funcionarios públicos y empleados: toda clase de tonterías, brutalidades, estupideces, pilladas, picardías, picolargadas, agudezas, chicanas, enredos, truchimanerías, engaños, trácalas, arbitrariedades, carcamanadas, embustes, juegos de cubiletes, prestidigitaciones, escamoteos, disimulos, fullerías, flojeras, embolismos, abusos, omisiones, etc., etc., etc., ya sea que les salgan de *oquis* o sacando alguna ventaja.

ART. 2°

Son delitos contra el público en general:

I. El escamoteo en las ánforas electorales.

II. El misterio en los asuntos diplomáticos de cierta naturaleza.

III. El meter la cuchara o mojar la sopa en la Soberanía de los Estados.

IV. El destapar, aunque sea con disimulo, la venda que tiene puesta la Justicia.

V. El ir al rajar o en parte con las empresas y compañías de mejoras materiales.

VI. El otorgar concesiones dando el remedio y el trapito.

VII. El contratar empeoramientos materiales por móviles de interés personal.

VIII. El convertir a los soldados en cacheteros de corridas de toros.

IX. El uso de toda clase de cubiletes en los asuntos de hacienda.

X. El tolerar, consentir, autorizar o hacerse de la vista gorda para que los favoritos y los que no lo son, en la capital o en los Estados, puedan meter la mano, ya sea con dos dedos o hasta el codo en las cajas públicas.

XI. El sostener directa o indirectamente a los gobernadores pillos o mentecatos.

XII. La exhumación de toda clase de momias o nulidades políticas.

ART. 3°

SON ATENTADOS CONTRA EL PUDOR:

I.   La petrificación en los puestos públicos.

II. El hacerse pato.

III. El mamar y beber leche, o sea la poligamia empleomaniática.

IV. El jugar con dos barajas.

V. El usar albardón con vaquerillo, o sea la portación indebida de uniforme y condecoraciones que no se han ganado y mucho menos merecido.

VI. El corromper o *malear* solamente a los payos de buena fe, sean o no diputados. Cuando esta corrupción tiene lugar en patriotas jóvenes, se llama estupro inmaturo. En patriotas que ya no se cuecen de un hervor, estupro a secas. Más cuando el estuprado pase de cincuenta, el estupro llevará el nombre de proditorio, que es el que se verifica a traición.

VII. El atracarse en los tívolis, fondas y bodegones, solos o... con papas, siendo circunstancia agravante si esto tuviere lugar en días no festivos.

VIII. El uso de toda clase de enseres de barbería.

IX. El voto sin convicción.

X. El adorar en demasía a los dioses de la vida airada, como Baco, Birjan, etc., etc.

XI. El recibir obsequios de los pretendientes y subalternos.

XII. El dar razón de ser al refrán que dice: "más pueden faldas que plumas y espadas".

ART. 4°

Son delitos contra el sentido común, la modestia y la sencillez republicana:

I.   El ser tonto. Este delito se agrava cuando el culpable lo es de *capirote*. Pero se entiende consumado con alevosía y ventaja, cuando es de orden superior.

II. El querer hacer comulgar con ruedas de molino.

III. Poner al gato de mayordomo del unto.

IV. El darse mucha importancia en los empleos.

V.   El gruñir, ladrar, rezongar, roncar, amenazar, enseñar los dientes, despedir con grosería o de cualquiera manera maltratar, a los que ocurren con negocios a las oficinas.

VI. El desatender, despreciar, o hacerse sordo a las indicaciones de la prensa.

VII. El aceptar misión diplomática o encargo alguno cuando se carece notoriamente de capacidad para desempeñarlos.

VIII. El pitarla o lo que es lo mismo hacer fiasco.

IX. El comprar elogios a la prensa.

X.   El pronunciar malos discursos y firmar notas disparatadas.

XI. El mear en cualquier asunto fuera de la olla.

CAPÍTULO SEGUNDO

ART. 5°

DE LAS FALTAS

Las faltas son graves y leves. Se llaman faltas graves las omisiones o abusos de segundo orden que se hacen a sabiendas. Se llaman leyes aquellas en que interviene la ignorancia o el inmoderado deseo de figurar.

ART. 6°

La calificación de las faltas queda al arbitrio judicial según la edad, posición y sueldo que disfrute el culpable.

CAPÍTULO TERCERO

ART. 7°

DE LA COMPLICIDAD

Los cómplices en política serán siempre considerados como reos principales, por aquello de que "tanto peca el que mata la vaca como el que le tiene la pata".

CAPÍTULO CUARTO

ART. 8°

DE LAS PENAS Y FORMA EN QUE DEBEN SER APLICADAS

Toda pena será aplicada por sentencia que recaerá en un juicio sumarísimo.

ART. 9°

El juicio será por jurados, y estos los formará la opinión pública representada por aquella prensa que no tenga conexiones con las rentas del gobierno.

ART. 10°

Para saber si un periódico está expedito para formar parte del jurado, se investigará si los que lo escriben tienen empleos o andan a caza de alguno o reciben propinas por debajo de cuerda. En caso de duda bastará la simple sospecha.

ART. 11°

Los delitos que se enumeran en el artículo 2° serán castigados del modo siguiente:

XII.   El escamoteo electoral, con la pérdida de la mano derecha y con privación del pelo de la cabeza por un año. Si el delincuente fuere calvo, con aserramiento parcial del cráneo por el mismo término.

XIII. El aire misterioso en asuntos internacionales, se castigará con la pérdida de la ropa, comenzando por los zapatos hasta llegar al perfecto despellejamiento, según la gravedad del caso.

XIV. El tratar a los Estados como si fueran la pila del agua bendita, será castigado con el empalamiento hasta el cogote y uso de la estaca en la parte trasera por seis meses.

XV.   Los tirones a la balanza de la justicia, serán castigados con el aserramiento del costillar, comprendiendo desde el sobaco hasta el muslo, pasando el corte por el ombligo.

XVI. El apadrinamiento interesado a las empresas, se castigará con la pérdida absoluta de la nariz; pero si fuere chato el reo, se le arrancarán ambas orejas.

XVII.   El dar o influir para que se den algunas concesiones y dinero encima en mayor cantidad del que se debe, se castigará emplumando por seis meses al delincuente.

XVIII.   El contratar empeoramientos materiales, se castigará con pasear al reo sobre una pipa. Si el empeoramiento resultare después de hecha la obra, el culpable será condenado a arrastrar un carretón por dos meses.

XIX. La conversión de que habla la fracción **octava**, se castigará vistiendo al reo durante un año con el traje do cabo de ranchos.

XX.   El retozo del gato o uso de cubiletes en negocios de hacienda, se castigará con el tormento de la mano larga, prolongándose el alargamiento de ésta según el caso. En este delito está comprendido el derroche de caudales públicos que se castigará con la prolongación de la mano y también de las uñas.

XXI. El grave delito consignado en la fracción **décima**, se castigará con la portación temporal de un tricornio que tenga dos o más ojos y con el abultamiento de las orejas.

XXII.   La protección a los gobernantes malos, será penada con prisión temporal dentro de una jaula de fierro.

XXIII.   La exhumación de momias y nulidades políticas, se castigará con la trasformación en cualquier animal del cuello abajo, según el caso, siendo circunstancia agravante que el exhumado haya pertenecido a los infidentes a la patria, pues entonces tendrá derecho éste de ensillar, y aun jinetear, al principal culpable.

ART. 12°

LOS ATENTADOS CONTRA EL PUDOR SE CASTIGARÁN:

I.   La petrificación en los puestos públicos, con el uso de la guadaña y la barba larga, mientras permanezca en el empleo el delincuente.

II. El hacerse pato, se castigará con pena arbitraria, según las circunstancias que concurran en el delito.

III. La poligamia empleomaniática, se castigará con el abultamiento del vientre cuando el reo tuviere dos empleos. Si fueren más de este número, se le añadirán otras tantas jorobas en señal de buen nutrimento.

IV. El tener dos o más amores en política; delito que vulgarmente se conoce con el nombre *de jugar con dos barajas,* se castigará con el uso del traje común de mujer, o con el de bailarina, si hubiere circunstancias agravantes.

V.   La portación de distintivos que no se han merecido, con el uso del traje que sirvió a Jesús cuando lo crucificaron.

VI. La corrupción de la gente sencilla, por otro nombre, paya, se castigará privando al estuprador de una parte de su cuerpo, que se agregará al estuprado por vía de dote. El jurado, al calificar el hecho, designará prudentemente la forma en que se ha de ejecutar la sentencia para que obtenga la justa reparación el ofendido. Esto es, señalará lo que ha de agregársele del culpable y el tiempo que dure el castigo.

VII. El atracamiento inmoderado, con la circunstancia agravante de convertir en festivos los días de trabajo, se castigará con el **suplicio de Tántalo**, poniéndose al reo con las manos atadas A la espalda cerca de una botella de vino y de un buen plato por espacio de dos meses.

VIII. A los barberos, se **les** castigará con el uso de la navaja de barba y con andar prendidos al ojal de la levita o entre los dijes del reloj del personaje a quien *barbeó.*

IX. El voto sin conciencia o por derecho de conquista, se castigará con el uso del bozal. Las escapatorias del Congreso a la hora de votar, serán penadas con media **jáquima**, y las enfermedades repentinas para defraudar el voto, con el uso de la jeringa, en la parte que se disponga según las circunstancias.

X. Los desórdenes que se enumeran en la fracción **décima**, serán castigados vistiéndose a los reos como monos de baraja, o coronados de uvas y magueyes, según el caso, siendo dos años el *máximum,* de la pena.

XI. El delito de recibir obsequios indebidos, se castigará haciendo cargar al delincuente el objeto regalado, mientras no lo devuelva.

XII. El favoritismo de que habla la fracción **duodécima** y sus análogos, se castigará con el uso de zapatos de mujer, **cáligas** y sombrero montado con plumero, por tiempo indeterminado.

ART. 13°

I. Los delitos contra el sentido común, la modestia y la sencillez republicana, se castigarán del modo siguiente:

II. La tontera simple, con orejas de burro; la de capirote, ídem, aumentándose unas cabezadas de guarnición; mas si fuere de orden superior, que es el más grave, se castigará convirtiendo el cuerpo del reo en el de cualquier cuadrúpedo y poniéndole las orejas gachas como de perro galgo, por un término de dos a seis meses.

III. El engaño impasable o querer que se comulgue con ruedas de molino, se castigará con la vestimenta *y* atributos del dios Cupido.

IV. El poner al gato de mayordomo del unto, o lo que es lo mismo, emplear a personas que tienen dudosos antecedentes, se castigará con el entalegamiento, que consiste en tener al delincuente dentro de una bolsa hasta el cuello, por espacio de dos a seis meses, según la gravedad del delito.

V. El traer al rey de las orejas o darse tono en los empleos, se castigará con el traje de mendigo, que se hará portar al delincuente, mientras no se le baje el orgullo.

VI. El maltratamiento, en cualquier forma que se dé al público en las oficinas, se castigará con la cola del pavo real, que usará por dos o cuatro meses el culpable, según la magnitud del delito.

VII. La sordera respecto de las indicaciones justas de la prensa, se castigará con el crecimiento de las orejas y disminución de la estatura.

VIII. La ineptitud visible para alguna misión, se castigará con alas de águila y cuerpo de elefante.

IX. El hacer fiasco se castigará con darse una cencerrada a sí mismo, para lo cual se cargará por un período que no baje de dos meses, con un enorme pito.

X. Los elogios inmerecidos de la prensa, que se suponen comprados, se castigaran haciendo portar al elogiado una corona de cartón y al elogiador un incensario.

XI. Los malos discursos y notas disparatadas, se castigarán con la deportación a la escuela, vistiéndose de niño al reo, y colgándole su gran bolsón o portalibros.

XII. El delito de que habla la fracción **undécima**, se castigará con la venda y el palo de ciego.

ART. 14°

Las faltas, de cualquier carácter que sean, se castigarán según lo disponga el jurado, aplicando desde el emplume hasta la picota, según las circunstancias que concurran en cada caso particular.

CAPÍTULO QUINTO

DISPOSICIONES GENERALES

ART. 15°

Para la denuncia de cualquiera de los delitos y faltas mencionadas, se concede acción popular.

ART. 16°

No se reconocen fueros.

ART. 17°

El acusado tiene siempre derecho de nombrar defensor y aun el de defenderse por sí mismo; pero en todo caso tendrá que oírse de preferencia al de oficio que se le nombre.

ART. 18°

Para la averiguación de los delitos sobre hacienda *y* otros que se consideran de prueba privilegiada, se tomará por base el sueldo pelón que goza el delincuente y el exceso de sus gastos se calificará de *buscas* indebidas. En los demás casos decidirá el sentido común de los jueces, ayudado de la fama pública.

ART. 19°

Las crónicas de los juicios se publicarán íntegras para mayor satisfacción de la vindicta pública, en cualquiera de los periódicos independientes, siempre que lo disponga el jurado.

ART. 20°

Para saber si un periódico está vendido al poder, se necesitará su confesión expresa o tácita. La expresa consistirá en los elogios *sin ton ni son* a los magnates y las defensas oficiosas. La tácita el no intentar, aunque sea la noticia del resultado de los juicios que establece este Código.

ART. 21°

La ejecución de las penas queda a cargo de los artistas dibujantes de los periódicos que tienen caricaturas.

ART. 22°

El castigo del enterramiento y la estaca por tiempo o a perpetuidad, podrá aplicarse además como sobre pena en los delitos graves; pero si el delincuente hiciere con espontaneidad alguna obra meritoria que importare una reparación, merecerá indulto parcial y podrá desenterrársele hasta la cintura o sacársele hasta una cuarta de estaca. Del mismo modo se podrá mitigar la pena en todos los casos, por obras meritorias.

ART. 23°

Los delitos que no estén previstos en el presente Código, serán, sin embargo, del conocimiento del jurado, quien aplicará las penas a *tuta conscientia*, con facultades omnímodas, según las circunstancias que concurran en cada caso.

ART. 24°

Quedan nombrados: *El Ahuizote*, promotor fiscal o acusador público; *La Orquesta*, defensor de oficio; *El Torito*, juez relator de los jurados, y *El Padre Cobos*, tribunal de sentencia y apelación. Por falta de aceptación de esos cargos o de cualesquiera otros que se necesiten para la práctica de este Código, *El Padre Cobos* los reasumirá todos como absoluto soberano.

Salón de sesiones de la opinión pública. México, Marzo 1° de 1874. —*Siglo XIX*, Diputado Presidente. —*Voz de México*, Diputado Secretario. —*Federalista*, Diputado Secretario.
Palacio popular en México, a 1° de Marzo de 1874. —*El Radical.* —A *El Padre Cobos*, encargado de la justicia pública.

Y se imprime y publica para su observancia, circulándose gratis entre los suscriptores de *El Padre Cobos* y al precio de DOS REALES el ejemplar, entre los que no lo sean.

Independencia y fajarse los calzones. Plaza principal de México, Marzo 1° de 1874.

El Padre Cobos

Caso de estudio jurídico

SEMBLANZA DEL ACUSADO

Ignacio Luis Antonio Mejía Fernández de Arteaga es una figura política y militar decimonónica. Coterráneo de Juárez, nació en 1814, se dedicó a las armas y pronto pudo probar su valía durante la intervención de Estados Unidos a México, para ello tuvo que renunciar a su cargo de diputado local en su estado. Gracias a su arrojo en la batalla y sus méritos políticos fue gobernador de Tehuantepec y luego de Oaxaca por un breve periodo (agosto del 1853 a enero de 1854). Fue liberal y apoyó a Juárez desde sus inicios.

Su participación en la intervención francesa ha sido opacada por otros militares, como Ignacio Zaragoza. Sin embargo, Mejía también luchó en el sitio de Puebla, lo que significó su captura. Fue llevado a Francia como prisionero, logró escapar y alcanzó a Juárez en Paso del Norte, donde ascendió a general de división. Fue nombrado ministro de Guerra y Marina tras el triunfo del juarismo, cargo que desempeñó hasta 1876, cuando Lerdo fue derrocado por Porfirio Díaz.

Mejía pagó con el exilio su oposición a Díaz. Luego de cuatro años, en un acto parecido a la venganza, volvió para competir en las elecciones presidenciales, pero perdió frente al favorito: Manuel González, por lo que se condenó de nuevo al ostracismo público. Murió en 1906 en su finca de Ayutla en Oaxaca. Sus restos tampoco pudieron descansar debidamente; después de estar en el Panteón francés, fueron acomodados en la antigua Rotonda de los Hombres Ilustres, pero se extraviaron tras una remodelación del mausoleo.

La familia, entre ellos su nieta Elena Arizmendi, pidió una indemnización, que Venustiano Carranza entregó sin dilaciones.

EL REO IGNACIO MEJIA ANTE EL JURADO

El cronista, antes de comenzar sus tareas, hace al público una advertencia muy importante y es la siguiente: el juicio formado al reo Ignacio Mejía debe resaltar entre las causas célebres, porque no ha sido un juicio llevado a efecto conforme a las reglas comunes, sino que, todo en él ha sido extraordinario, incoherente, estrambótico, monstruoso, tétrico y fenomenal.

Desde que el delincuente Ignacio Mejía tuvo indicios de que iba a caer bajo la acción de la justicia, emprendió trabajos formales para evitarlo. Pretendió corromper, antes que a nadie, a la señora Doña Caralampia Mondongo. Con ese propósito le pidió varias veces, acudir a una entrevista, la cual, finalmente, se concretó.

Doña Caralampia por si acaso y con permiso de la comunidad, acudió a la cita armada de un tranchete. El reo entonces, tuvo una conversación muy larga con ella empleando todos los medios de seducción, menos el consistente en dinero, porque dijo que no acostumbraba cargar consigo ni dar a nadie una sola peseta. Qué suerte que los dichos medios de seducción se redujeron a ofrecimientos de cariño, protección, disimulo para que los padres de la comunidad se echaran algo en la bolsa cuando sirvieran empleos, de despachar pronto los negocios que tuvieran con el gobierno, de algunas curules, si había modo y otras cosas por el estilo, siempre que con su influencia lograra la referida señora Doña Caralampia quitarle la oportunidad de ser sentado en el banquillo de los acusados. Ella se mantuvo a la altura de su dignidad, negándose a tan descabelladas pretensiones y él, enseguida, recurrió a las amenazas y al fin a la violencia, sacando una horca que traía oculta en los faldones del casaquín, la cual atornilló diestramente como hombre experto a punto de armar esa clase de chismes. Entonces, se precipitó sobre la víctima espada en mano; pero la señora Doña Caralampia rápida como una centella, se levantó la enagua, sacó de la liga el tranchete y esperó a pie firme… el agresor se amedrentó tanto en presencia de aquella arma, que no sólo se puso pálido como un difunto, sino que echó a correr por los campos y no paró hasta su casa, viéndosele todavía, al entrar en ella volver la cabeza como si creyera perseguido de Doña Caralampia. Esa noche sufrió un ataque de convulsiones.

Lograda, por fin, la aprehensión del reo, se le encierra en un calabozo y se da principio a la sumaria sirviendo de cuerpo del delito un alto de medallas y cruces, una memoria, unas horquitas y guillotinas de palito, algún maíz pasturas, etcétera.

El acusado niega cualquier acusación en la primera diligencia. El juez determinó que es incompetente: según él no ha nacido aún el tribunal que pueda juzgarlo, pues aún le parece un mito el de la opinión pública. El reo se encierra en un absoluto silencio. Se vuelve una, dos y tres veces a recomenzar la tarea: el reo mira al juez y al escribano con ojos extraviados, rechinan los dientes con furor y al fin exclama: ¡magnesia!

El reo habla por fin, pero siempre está alegando el fuero de guerra, el fuero constitucional y el fuero innato en los altos funcionarios para hacer cuanto les dé la gana. Todos esos recursos son desechados de plano, porque el "Código" no los admite, y la justicia continúa tranquila y majestuosa instruyendo el proceso.

Fray Espumarajo, encargado de la vigilancia del reo, comunica ciertas observaciones que indican una trama alarmante por parte del prisionero. Se manda a catear la prisión y se le encuentran instrumentos cortantes y punzantes. Se cree que intenta consumar un suicidio: se esclarecen los hechos y resulta que lo que quiere es suicidar a cuantos caigan en sus manos.

¡Vade retro![8]

La causa en pocos días forma un volumen de dos mil páginas. El reo, infatigable, busca medios para escaparse a la acción de la justicia y aprovecharía el momento en que sus guardianes rendidos por la fatiga se entregan al sueño y logra evadirse.

Se persigue tenazmente al prófugo y se encuentra 15 días después en Teotitlán del Camino peleando por hacer desaparecer algunos vestigios de sus antiguas glorias.

El juez instructor avisa, por fin, de que la causa está por determinarse en el jurado: se sortean los que lo han de formar y se les avisa.

Casi, a la vez, recibe cada quien una esquelita anónima concebida en estos términos: "¡Ay de usted! ¡Si se reúne al jurado que se va a formar el ilustre patricio Don Ignacio Mejía! En la primera oportunidad se le aplicará la ley-fuga, la de plagiarios y la innominada de encierro perpetuos en Santiago Tlatelolco. Unos amigos de la virtud ultrajada."

Un terror pánico sobrecoge a los ciudadanos pacíficos contra quienes ha sido fulminada tan terrible amenaza y empiezan a presentar excusas… Se les obliga, se les amenaza con fuertes multas y, al fin, llega el día en que se integra el jurado después de inauditos esfuerzos.

El reo se resiste a comparecer ante sus jueces y más todavía a sentarse en el banquillo; pero Don Sebastián presta el auxilio federal y Don Ignacio se sujeta *velis nolis* a su destino manifiesto, no sin protestar qué cede a la violencia de fuerza mayor reservando sus derechos para exigir la responsabilidad contra quien corresponda.

Hay casa llena. La sala de las sesiones de jurado está materialmente repleta de

---

[8] ¡Retrocede!

curiosos. El acusado lleva un traje completo de general con su peto encarnando lleno de insignias, un gorro montado con plumero, unas botas fuertes con espuelas doradas, un espadín con empuñadura semejante a la de Santa Catarina y un bastón con borlas. Su continente es no sólo atrevido sino feroz. Se conoce que está muy contrariado. Ha reclamado con imperio que se le acerque una mesita, la cual ha cubierto con papeles, anteojos, cajas de cigarros, de cerillos en su mayor parte vacías y una especie de botiquín surtido de magnesia, carbonato, bismuto, pastillas de yerba buena y algo de ipecacuana. Dispuestas, así las cosas, el presidente anuncia que da principio en sus altas funciones al jurado:

Presidente: Tiene la palabra el secretario relator.

Fray Chomite se acomoda las gafas, coge el expediente núm. 1 hasta llegar al 37, gastando en tan gigantesca tarea quince días con sus noches. El público ha estado entrando y saliendo, los jurados durmiendo y despertando y el río tomando sus sopitas de varias clases. Mientras, el reo comenzó a a ponerse triste, viendo la cosa fea y viendo que no tenía escapatoria. Entonces se aprovechó de un momento en que todos los centinelas, jurados, y gentes del público estaban dormidos y echó a correr...

—¡Agarren a ése! ¡Agarren a ése!

Este era el grito que se oía por todas las calles... El prófugo fue agarrado que ni qui tollis[9]. *Casualmente se enredó la pierna en el espadín, cavo a tierra y su sombrero montado con todo y plumas fue a dar a una zanja. Se recogió todo, lo mismo que las medallas que habían rodado por el suelo y la sesión del jurado pudo continuar su curso tranquilamente. Sólo que, en esta vez, para tener bien resguardado al reo, se tomó la precaución de atarle las manos a la espalda con una fuerte reata. El diputado franco, que es uno de sus dedos chiquitos tomó a su cargo la tarea de estarle dando a fumar cigarros de cinco en cinco minutos, alzando las cejas como reliquia.*

He aquí las principales piezas de que se compuso el proceso: 300 mil cartas dirigidas a los oficiales del ejército, recomendándoles tales y cuales asuntos electorales. Entre ellas, credenciales de diputados urdidas a la sombra. El expediente de sus convenios con Don Sebastián en investigación de si se ha hecho o no pato. En este voluminoso expediente se encuentran descripciones pormenorizadas de acciones de guerra verdaderamente piramidales. Por vía de identificación de la persona tuvo lugar el siguiente interrogatorio:

Presidente: ¿Cómo te llamas?

Reo: Tío Nacho

Presidente: ¿Qué Estado tienes?

Reo: General

---

[9] Que te llevas. Usualmente, se encuentra en la oración *Agnus Dei, qui tollis peccata mundi.*

Presidente: ¿Qué profesión?

Reo: Doctor en ambas facultades

Presidente: ¿Qué facultades?

Reo: De guerra y de política

Presidente: ¿Cuál es tu edad?

Reo: 30 y pico

Presidente: ¿Cómo de cuánto será el pico?

Reo: Como de otro tanto

Presidente: ¿De dónde eres natural?

Reo: Del departamento de la guerra, aunque mi patria adoptiva es la Marina.

Presidente: ¿Tienes algún otro oficio?

Reo: Sé también tocar la guitarra.

Todo el auditorio estuvo casi sin respirar para no perder ni una sílaba de este interrogatorio. Pocos momentos después continúa así:

Presidente: De las constancias del proceso aparece que has querido eludir varias veces la acción de la justicia emprendiendo la fuga o negándote a dar declaraciones, ¿por qué ha sido eso?

Reo: Por varias razones: en primer lugar, aunque yo soy muy valiente, mis piernas no lo son y siempre que hay peligro, los talones me hacen cosquillas y no puedo detenerlos ¡se van! En segundo lugar, yo creo que a nadie le importa que tenga grados y cruces, contratas de vestuario y todos los demás chismes que me acumulan. En tercer lugar, aunque les importara, entiendo que no hay derecho en persona del mundo conocido para juzgar a un ministro de guerra y marina. En cuarto lugar, Don Sebastián y yo somos uña y carne. Don Sebastián es adorado y yo debo hacerlo también porque "quien quiere al col quiere a las hojas del rededor".

Presidente: Estás acusando de conatos, de estupro inmaturo en la persona de Doña Caralampia Mondongo…

Doña Caralampia: Ese es asunto mío. Ya le ajustaré a ese señor las corcovas cuando me toque la palabra, que a cada capillita le llega su funcioncita, no hay sermón sin San Agustín y algún día comerá mi gato sandía.

—Tilín.

—Tilín, tilín, tilín.

Presidente: ¿La señora Doña Caralampia Mondongo perdona la ofensa o quiere constituirse en acusadora?

Doña Caralampia: No perdono la ofensa ni por San Pascual Bailón ni por las ánimas benditas. Acuso y mucho que acuso, y se ha de oír esta boca hasta que el niño Dios haga pucheros y ya verá ese señor que no es lo mismo comer que tirarse con los platos, que donde las dan, las toman; que ninguno diga quién es, que sus obras lo dirán y que con las que repican doblan.

Presidente: A su tiempo se dará a usted, el uso de la Palabra, recomendándole por ahora silencio y compostura. (Dirigiéndose al reo) en las constancias procesales aparece, también, que le han encontrado modelos de horcas y otros instrumentos de muerte ¿para que los quieres?

Doña Caralampia: Es que la cabra siempre tira al monte…

—Tilín, tilín, tilín (esto dice la campanilla).

Reo: Yo diré a usted Señor presidente…. En eso entretengo mis ocios…. He hecho un estudio detenido sobre la materia y… como la constitución dice que cada cual es libre para abrazar la industria que le acomode siendo útil y honesta…

Presidente: que se aproximen dos aguilitas y hagan un registro minucioso al acusado.

Así se hizo: se acercaron dos aguilitas y entre el plumero, encontrar un pie de gallo. Siguieron inspeccionando y en cada bota del reo encontraron un cepo de madera; en los bolsillos del casacón le hallaron unas cuñas y un tornillo; en la bolsa del chaleco una cuerda de cáñamo, unas cadenas de fierro; en las del pantalón unas calaveras y en la cintura; en fin, unas varas de membrillo curadas, propias para apalear a la tropa. Todos esos útiles quedaron agregados al expediente dibujados por Villasana.

Reo (muy enojado): ¡Pero se esmeran en que no le dejen a uno ni esas monerías para divertirse!

Presidente: ¿Alguno de los señores jurados quiere dirigir preguntas al acusado?

Todos: Nos reservamos.

Presidente: Tiene la palabra "El Ahuizote", acusador público.

Todos los concurrentes se estrechan y pretenden aproximarse. El reo se pone muy descolorido, el "Ahuizote" tose, silencio sepulcral.

Acusador público: Señores jurados. He allí el sujeto que no tiene ni un pedacito de humanidad por donde lo deseche el enemigo malo. La millonésima parte de esas 300 mil cartas bastaría para informarle un embuste a cualquier farandulero poco diestro, pues ¿qué pena deberá aplicarse a un pecador obcecado, reincidente y endurecido? ¡Échenle cuate!

Muchas voces: ¡El de Don Blas!

—Tilín, tilín, tilín

Acusador: ¡Lo han adivinado! Hago justicia a la perspicacia de mi inteligente auditorio. Sí señores, éstos son los ejemplos únicos en la historia de las naciones. Don Blas Balcarcel es el primer caso que se da de petrificación en un puesto público… ¡Puede gloriarse de ello! No ha habido, no hay, ni habrá en el universo entero quien pueda disputarle la palma de la estabilidad a esta especie de monumento fabuloso. El segundo caso es el del reo Ignacio Mejía, monumento número dos… Señores, yo con la mano sobre mi conciencia declaro que, este no es un delito sino una gracia: yo si fuera juez, así como con una mano cogería a estos delincuentes y los hundiría en los abismos de la nada, con la otra los levantaría de los cabellos hasta las alturas más e inconmensurables erigiéndoles una estatua que se llamará: de la perpetuidad y del aguante. El haberse hecho pato con Don Sebastián, la poligamia empleomaniática y el juego de dos barajas, pueden tratarse de un solo capítulo. En efecto, señores, hay tal el roce entre todos estos resbalones políticos, que casi forman una masa compacta de eso que llaman escamocha.

Nutridos aplausos. El reo creyendo que está en el congreso pide la palabra para informar. El acusador bebe agua y toma un momento de reposo. Doña Caralampia está queriéndose salir de la silla. Don Luisito Medrano alarga al acusado un poco de magnesia.

Presidente: Continúa con la palabra el acusador público.

Acusador público: Prestadme atención un solo momento pues ya voy a concluir. Entro al examen de la hoja de servicios, conforme a la cual, el llamado general de división Ignacio Mejía está repleto de cruces y medallas, al extremo de que no le queda el lugar en el pecho para colocar un alfiler. En esa virtud yo creo que cuaja bien aquí el articulillo del "código" que dice: "La portación de distintivos que no se han ganado, se castiga con el uso del traje que sirvió a Jesús cuando lo crucificaron." Yo haría más; yo ilustraría ese artículo mandando, a la vez, que el reo portara a raíz las cruces y condecoraciones, esto es, que se le prendieran con alfileres en el pellejo vivo. Y para no cansar a mi paciente auditorio, concluyo ya haciendo una ligera mención de los malos discursos y notas disparatadas del reo. Con esto acaba la historia…

Cómo veis, está convicto…

¡Pronunciad el veredicto…!

¡Y aquí paz y después gloria!...

Dije.

Tremendos aplausos. El presidente anuncia que sigue con la palabra, el reo, en defensa propia y, después, Doña Caralampia.

Presidente: Tiene la palabra al acusado.

Reo: (después de tomar su pimpinela y un poco de carbonato) – Señor: Aunque he protestado, siempre que cedo a la fuerza y que nadie tiene derecho para juzgarme, tomo la palabra para confundir a mis detractores.

Cuatro adictos: ¡muy bien! ¡bravo! ! ¡bravo!

Reo: Señores dipu…. quiero decir, jurados. Yo estoy impuesto a hablar claro y a vencer siempre….

Cuatro adictos: ¡Bravísimo!

Reo: Los congresos me llaman pico de oro, y así, a esos congresos los pongo siempre debajo de mis botas con la grandeza de mis palabras, ¿qué no haré con esta reunión de desdichados Frailes?

Cuatro adictos: ¡Viva el gran Mejía!

Reo: (Continúa haciendo uso de la palabra). Yo soy muy claro. A mí no me anden con cosas. Pues ya sé cuál es el gallo que juego. Vamos a ver, ¿de qué me acusan ustedes? De nada, ¿qué quieren conmigo? Dizque ajustarme las cuentas. Eso lo veremos; en eso de cuentas allí están los presupuestos de guerra en que sólo para compostura de fusiles saco año por año algunos millones de pesos, sí señores, de pesos, enójese quien se enojare: ¿cómo serían ustedes capaces de ajustarme a las cuentas?

Cuatro adictos: ¡Admirable!

Reo: Pero vamos por partes. Es una injusticia, señores, que me traigan ustedes. Aquí de Herodes a Pilatos y todo para hacerme cargos de cosas viejas, ¡que de viejas, hasta se olvidaron! ¿Cuáles cargos son esos? Que me mezclo en las elecciones; que meto mi cuchara en los Estados; que protejo pillos; que no hay rehabilitaciones a manos llenas; que me eternizo en el departamento de la guerra; que me hago pato; que acumulo empleos; que contrato vestuarios y pasturas para la tropa; que no tengo reglas fijas en política; que no ha ganado una a una mis condecoraciones; que conquisto partidarios al gobierno con afectuosos apretones de mano; que pronuncio brindis; que me obsequien mis subalternos cada vez que cumplo años; que me ensalzan los periódicos que reciben su haber en la tesorería y que digo discursos en que campea la rusticidad de mi carácter…. Señor: todo esto equivale a acusar a un pastelero porque vende pasteles, y para que mejor me entiendan, haré una cita parlamentaria. ¿Desde cuándo, señor, es un delito cumplir con su deber?

Cuatro adictos: ¡Esplendido! ¡admirabilísimo!

Reo: Que rehabilito y doy mando a los que sirvieron al imperio. Señor, si esos hombres me sirven mejor y tengo en ellos más confianza que en los que no fueron imperialistas, no sé por qué no he de ocuparlos de preferencia. Sería lo mismo que obligarme en una fonda a coger gato por liebre.

Uno de los adictos. - Regular

Reo: El cargo que sigue no deja de ser original. Aquí es tiempo de declarar que he renunciado varias veces y que no se ha querido aceptar mi renuncia sin duda porque me juzgan indispensable. Otra de las cosas que ustedes dicen es que me hago pato, ¿qué quiere decir eso? Si ustedes hubieran dicho que me hago chinche lo entendería mejor; pero sea como fuere, este cargo es tan infundado como el que se le hiciera a Izaguirre porque no sale nunca de la tesorería, o si se refiere a lo de hacerme pato, aquí vivo en armonía con Don Sebastián, pues la verdad, sí hemos congeniado y santas pascuas.

Cuatro adictos: ¡Hurra!

Reo: Que tengo otros empleos a la mano para cuando deje de ser ministro… Señor, ¿cuándo se ha visto en el mundo que haya alguien que no vea por sus conveniencias? Esto sería tanto como pedir a los que suben en esos que llaman globos que no llevaran eso otro que llaman paracaídas.

Cuatro adictos: ¡Sobresaliente!

Reo: Lo que sí me hace fruncir un poco es lo que dicen ustedes de que juego con dos barajas, siendo inconsecuente con mis amigos, Señor. En política no hay amigos. Esta es una máxima que vengo aprendiendo desde hace mucho tiempo a Don Sebastián. Aquí, cada cual se rasque con sus uñas y el que se deja es el que la lleva.

Los cuatro adictos se ven estupefactos.

Me imputan, asimismo, que no he ganado todas estas condecoraciones. Señor, si las he ganado o no, es cosa que a nadie le importa nada y pedirme, señores, que no use mis condecoraciones, es lo mismo que pedirle al pavo real que no esponje su cola. Por todo lo cual creo que ustedes también deberían dejarme en paz.

Los cuatro adictos aplauden fuertemente, el reo se sienta satisfecho, el público manifiesta buen humor.

Promotor fiscal: Pido que ese discurso cutre pase a formar parte del proceso.

Presidente: Siguen hablando las partes agraviadas. Tiene la palabra la señora Doña Caralampia Mondongo.

Se levanta de su asiento Doña Caralampia manifestando mucho júbilo, se dirige a la tribuna, saluda al jurado y al público con gracioso ademán. Grandes murmullos de placer en el auditorio.

—Tilín, tilín.

Se restablece el silencio.

Doña Caralampia Mondongo: Respetable auditorio. Desde el otro día ya me tocó ser acusadora en el juicio que siguió al turno de Don Blas Balcarcel, quedé picadita de la araña; pero no tanto por eso como sino porque no me gustan las injusticias. Es por lo que me resuelvo a hablar y también porque ese señor a quien llaman ministro de la guerra que acaba de decir tantos disparates como en el congreso porque, natural y figura hasta la sepultura, es el que con engaños me sacó al campo y quiso, allá, hacer de las suyas, puedes darle el pie al villano y se tomará a la mano. Una vez que estuvimos solos me hizo mil ofrecimientos para que yo lo escapara del chubasco que se le venía encima, a lo cual me negué redondamente, porque yo no ando cumpliendo antojos ni enderezando jorobados. Entonces él se puso furioso y pensando seguro en aquel refrán que dice: "al hombre osado la fortuna le da la mano", quiso emplear otras violencias y yo me defendí porque, muchas veces, debajo de una mala capa se oculta un buen bebedor. El individuo éste echó a correr, diciendo como Rebolledo que "la prudencia no es miedo" y aquí concluyo la historia. Ahora yo pido que se le castigue por la fechoría y por lo demás que hay hecho en sus tiempos buenos.

He dicho.

Hilaridad y aplauso en el auditorio. Doña Caralampia se dirige a su asiento y al pasar cerca del acusado, le dice: "Bueno es trasquilar pero sin desollar".

Presidente: Tiene la Palabra el soldado Pedro Cureña, quien también ha querido constituirse parte agraviada.

Movimiento de sorpresa y admiración en el auditorio. El soldado que es un pelón de la raza indígena y con unos ojillos llenos de inteligencia, se dirige con aire resuelto a la tribuna.

Soldado Pedro Cureña: Siñor, yo que dije constituir acusador de ese hombre, ellas son muchos los males que nos ha hecho, nos sigue haciendo a mí y a otros los probes de los pueblos. ¿Pos qué semos mulas de carga o qué somos? Ya no es vida ésta. Ahí tienen ustedes nomás que apenas salemos de nuestras casuchas al trabajo, porque tenemos necesidá de matener a nuestras mujeres y a nuestros hijos, cuando luego vamos topando con la comisión. "¿Qué queren?" Les preguntamos. "Cuelen por ahí", nos responden. "¿Pos no mira que estamos en el trabajo y que somos gente ocupada?". "Cállese la boca y cuele". Y si hacemos fefilion, luego se nos van echando encima y a juerza de porrazos nos hacen colar. ¡Giieno! y "¿dónde nos llevan?", le preguntamos despué que ya se han amansado. "Ustedes son los rimplazos". "¿Rimplazos de qué?". "De la tropa; ustedes van a ser soldados".

Me arrabiato también a lo que ha dicho la siñora, y solecito que me perdonen mis disparates y no digo más. Es justicia que juro y sus manos beso. Pedro Cureña.

Vivos aplausos acompañaron al orador hasta su asiento. El reo se comió durante el discurso hasta los últimos terroncitos de magnesia.

Siguieron hablando otras personas, que se constituyeron partes de menor importancia. Entre ellas, dos o tres de las perjudicadas con el monopolio de vestuario y pasturas, irá al fin de la causa.

Presidente: Acusado, ¿quién es tu defensor?

Reo (colérico): Yo no tengo defensores ni los necesito.

Presidente: Ello es que alguien ha de hacer su defensa: el "Código" es terminante.

Reo: Yo soy orador y ya me he defendido.

Presidente: No basta eso

Reo: Pues no me defiendo ni quiero que me defiendan.

Presidente: En ese caso… Tiene la palabra el defensor de oficio.

Defensor de presos: Señores, presidente y jurado

Receloso y lleno de vacilaciones, cumplo hoy con el sagrado deber de hacer la defensa del desvalido: las malas causas están siempre llenas de escollos. La ley es inflexible, la historia es inmutable, los hechos indelebles y esas 300 mil páginas están allí, severas, sirviéndose sobre la cabeza de ese desdichado. Yo no me atrevería, pues, más que a invocar sus sentimientos generosos y humanitarios, la mando con la voz dolorida ¡misericordia! Si no tuviera esperanzas en desvanecer algunos de los densos nubarrones que amenazan desencadenarse y hundir para siempre al ex ministro…

Reo: Señor ministro… (Esto lo dice lleno de ira).

Defensor de pobres: Sea, una vez que no está pronunciado el veredicto. Pero, por fortuna ahí, en ese expediente monumental, hay constancias que pueden filiar en el número de las atenuantes; Y con particularidad, los antecedentes del acusado, su vida sembrada de episodios gloriosos que voy a referir a grandes rasgos, serán otros tantos auxiliares que van a disipar la mala impresión que haya producido en los ilustres jueces que me escuchan, las atrocidades que se registran en el proceso. Estábamos en el principio del siglo decimonónico cuando Ignacio Mejía era todavía lo que se llamaba vulgarmente un pedazo de alcornoque. Sus gentes le llamaban Nachito o Nachin. Y él daba muestras de sus inclinaciones dedicándose al exterminio de los pequeños animales. Cogía perros, gatos, ratones, gallinas y hasta marranos, los sentenciados a muerte de plano y los ejecutaba sumariamente. Unas veces los colgaba en un palo en forma de horca y les estiraba las patitas con un cordoncito; otras veces formaba una hoguera y los tatemada valerosamente, Y cuando no había más, los acababa a pedradas. Desde entonces estaba indicándose su talento militar. Pido también que seáis Misericordiosos con el que ya lleva consigo la pena en sus padecimientos de derrames de bilis y en sus dolencias estomacales.

Dije.

Aplausos y voces dentro. El reo luce un gesto como queriendo decir "ya no me defiendan:" sus cuatro adictos vacilan entre aplaudir o silbar. Suena la campanilla.

Presidente: Acusado: ¿tienes que añadir algo a las defensas que se han hecho?

Reo (enfullinado): Tengo en la punta de la lengua una docena de discursos, pero me reservo para decirlos en la cámara donde me tienen más paciencia y me guardan más consideraciones. Al menos, allí no se ríen en mis barbas, solamente, de cuando en cuando.

Presidente: ¿De suerte que no quieres alegar nada en tu defensa?

Reo: Mi defensa está en mis cuarteles, en mis generales y en mis cañones.

Presidente: Mira que todo eso es humo de pajas ante la opinión del pueblo soberano y que está pendiente sobre tu cabeza la espada de la justicia.

Reo: ¡Su pueblo soberano! ¿eh? ¡Su pueblo soberano!… pues para… (dijo una chochinada) pueblo soberano.

Presidente: Si no guardas más respeto al tribunal, se te mandará poner una mordaza. ¿No autorizas tampoco al defensor de oficio para que agregue algo a lo que tiene dicho?

Reo: Si ese hombre vuelve a hablar, soy capaz de aplicarle la ley fuga.

Doña Caralampia: Este sujeto se hace como tío Molina que hasta lo dado le anodina.

Presidente: Tienes todavía un recurso supremo, el de los testigos. ¿No quieres que se examinen algunos?

Reo: No.

Presidente: Se procede entonces a los careos, que introduzcan al testigo Sebastián (a) Francachela.

Los aguilitas se empeñan esta comisión, trayendo entre filas al nombrado.

Presidente: Testigo, en las declaraciones del reo aparece que hay escrito cartas recomendando a tales y cuales personas en las elecciones por órdenes tuyas muy terminantes, las cuales, quiso estuprar a Doña Caralampia en despoblado porque tú se lo aconsejaste; que tú has acordado en su compañía mojar la sopa en los estados; tú eres el que proteges a los gobernadores pillos; que tú has acordado las rehabilitaciones a los que sirvieron al imperio, y en fin, que tú mismo le has dictado los discursos disparatados que ha ido a pronunciar en el congreso.
¿Qué contesta?

Testigo: Que todo es mentira.

Reo: ¿Cómo que mentira?

Testigo: Sí señor, porque no está para aprender nada de eso quien puede poner escuela y hasta universidad.

Reo: Pero, hombre, Don Sebastián, ¡hace visto descaro!

Testigo: Descaro es el de usted. Tío Nacho, para echarle a otro el muerto con sus pecadillos.

Reo: ¿Luego no es verdad que usted es el que arregla las elecciones?

Testigo: No.

Reo: ¿Recuerda usted cuando se nombró al actual congreso que formamos juntos en una lista?

Testigo: Sí.

Reo: ¿Recuerda usted que cuando estábamos poniendo los nombres usted me tachó algunos, diciéndome que no eran personas de confianza?

Testigo: Sí.

Reo: ¿Recuerda que, entonces, me dijo que valiéndome de la influencia que pudiera tener con los juristas, escogiera a los menos exigentes y a los más baratos para que, finalmente, se pusieran a cualquier lado a la hora de las votaciones?

Testigo: Yo no dije eso, si no que usted podía meter al congreso a sus amigos y yo a los míos para que el gobierno no tuviera mucha oposición, pero supuse que había de ser por los medios legales. Usted sabe que yo nunca me aparto de la legalidad.

Reo: ¿Y no es cierto que cuando fui a quejarme con usted diciéndole que aboliéramos la libertad de imprenta porque estaba amagado por un juicio público, usted me dijo que tratara de ganar a la vieja Doña Caralampia?...

Doña Caralampia: El Viejo y el chocho y el remilgado, lo será él y su madrina...

—Tilín, tilín, tilín.

Testigo: Ya sabe usted que yo soy enemigo de andar en…. ¡Dios me libre!... a las mujeres ponerles la Cruz, lo mismo que a los padres oírles su misa y dejarlos.

Reo: ¿Y se llamará a chiquito también respecto de lo que hemos hablado de los estados y lo que les hemos hecho?

Testigo: Fuera de lo que dispone la ley, no recuerdo haber mezclado en cosa alguna.

Reo: ¿No recuerda usted que me dijo procurara entretener la cuestión de Tepic en el congreso, aunque dijera muchos disparates como aquel de que no tenía cosa para disminuir el poder de Jalisco?

Testigo: Ese fue un caso excepcional.

Reo: Bueno, ¿y quién es el que protege más gobernadores endemoniados, usted que es íntimo de Romero Vargas, Leiva, Antillon o yo que sólo conservo mis relaciones epistolares con Don Diego Álvarez y otros tres o cuatro?

Testigo: Hombre. Don Nacho acuérdese que usted fue el que me recomendó a Arce, a Palomino, a Fuero y hasta a Don Pascualón Hernández, lo mismo que ahora a López de Nava, el imperialista de Zacatecas.

Reo: ¿Yo a Don Pascualón el títere de Escobedo? ¡Si ni a uno ni a otro los puedo ver! Respecto a lo último del último, ya sabe que el general Cosío nos comprometió.

Testigo: También es una mentira que yo haya dado rehabilitaciones a los imperialistas. Si se exceptúa Don Napoleón Saborío, todos los demás están en el departamento de la guerra (El reo le cierra un ojo a Don Sebastián).

Testigo: Ahora eso que usted dice que yo lo detengo a fuerzas en el ministerio… Hombre, Tío Nacho, no sea usted tan travieso. Usted es el que está haciendo lomo y aguantando todas mis groserías con tal de no salir y si no, ¿cuántas veces le he convidado a montar en mi coche para que me acompañe al pasco?

Reo: Ni una.

Testigo: ¿Cuántas veces ha venido Escobedo con intención de hacerse cargo de la cartera de Marina?

Reo: 15 o 20.

Testigo: ¿Y por qué no se la ha dado?

Reo: Porque tiene pelos.

Testigo: ¡Qué pelos ni que ojo de hacha! Por qué usted no ha querido darse por entendido y se ha quedado con tamaña carota.

Reo: Ahora eso de la pastura y el vestuario, ¿lo haría yo si no contara con usted, que es el que manda?

Testigo: Hombre, una cosa es que yo me haga de la vista gorda y otra que yo por eso, se considera usted autorizado para hacer diabluras. Ya sabe usted que a mí no me gustan los escándalos.

Reo: Lo que si no puede usted negarme es que me ha hecho decirles a los amigos que cuenten conmigo para hacerle a usted la oposición, para que me tomen por candidato de la presidencia y hasta para hacer revolución, todo con el fin, según usted me dijo, de jugarles el dedo en la boca.

Testigo: Hombre. Esa no es cuenta de mi rosario; usted no es chiquito y lo que hubo fue que quiso hacer méritos conmigo.

Reo: ¿Y en lo de las condecoraciones?

Testigo: ¿Qué?

Reo: ¿No me ha dicho usted que me cuelgue todas las conocidas aunque no haya ganado ninguna?

Testigo: ¡Pues es usted chistoso, tío Nacho!

Reo: ¿Y no ha sido usted quien me ha dicho: "ofrézcale al diputado fulano un empleo, a mengano dinero, a citano una ganancia en tal negocio para que voten de esta o de la otra manera"?

Testigo: ¿Cómo había de creer que usted lo haría?

Reo: Pues por eso me dicen, ahora, estas gentes que estuprado a todo el congreso.

Testigo: En lo de banquetes no me ando mezclando, tío Nacho, ya sabes que soy enemigo de ellos.

Reo: ¿Y en lo de los discursos disparatados?

Testigo: Menos.

Reo: ¡Qué hipocresía!

Testigo: ¡Qué descaro!

Cada cual se firmó en sus declaraciones y viéndose que no se podía adelantar nada, se dio fin a la diligencia, edificándose otros careos de menor importancia.

Anunció el presidente que los miembros del jurado se retiraban a deliberar.

Secretario relator: He aquí el resultado de las deliberaciones que durante tres días han tenido los ciudadanos frailes que forman el jurado de calificación.

He aquí las cuestiones que fueron consideradas a su debate y los votos que merecieron cada una:

1ª cuestión. ¿Es culpable el reo Ignacio Mejía de haber hecho recomendaciones electorales en su favor y en el de otros individuos?

Sí, por unanimidad.

2ª ¿Debe estimarse como circunstancia agravante que el reo haya sido ministro de las armas al hacer esas recomendaciones?

Sí, por unanimidad.

3ª ¿Es igualmente circunstancia agravante que el reo se haya dirigido a sus subalternos en asuntos electorales?

Sí, por ocho votos contra cinco.

4ª ¿Es circunstancia agravantísima que el reo al hacer esas recomendaciones electorales haya estado exponiendo 11 millones de pesos para compostura de fusibles viejos del tiempo de antaño, la época pasada?

Sí, por aclamación.

5ª ¿Es culpable el río Ignacio Mejía de conatos de estupro en la persona de Doña Caralampia Mondongo?

Sí, por siete votos contra seis.

6ª ¿Es circunstancia agravante que se haya intentado el hecho en despoblado y con premeditación, alevosía y ventaja?

Sí, por mayoría de votos.

7ª ¿Es culpable al supradicho Mejía de haber mojado la sopa y metido el cucharon en la soberanía de los Estados?

Sí, por todos los votos.

8ª ¿Es culpable de servirles de apoyo a algunos gobernantes pillos y de sostener otros endriagos en vez de servir para algo perjudican a la patria?

Sí, por mayoría de absoluta.

9ª ¿Es culpable el acusado de petrificación en el ministerio de la guerra?

Sí, por muchísimos votos.

10ª ¿Es circunstancia agravante la de ser jefe de oficina, supuesto que con su mal ejemplo se han petrificado también su oficial mayor y demás gente plumi-pólvora?

Sí, con entusiasmo.

11ª ¿Es culpable de haberse hecho pato con don Sebastián?

Por la afirmativa.

12ª ¿Es culpable de mamar y beber leche, o por lo que es lo mismo, ser afecto a la poligamia empleomaniática?

Sí, por doce votos.

13ª ¿Hay en esto es la circunstancia agravante de que tiene también empleados a todos sus parientes y con muy buenos sueldos?

Sí, por todos los votos.

14ª ¿Hay además otra circunstancia muy agravante que consiste en el monopolio que ha hecho el reo de las pasturas y de la con trata de vestuarios, quitando a muchos pobres el pan de la boca?

¡Muy agravante! Exclaman todos.

15ª ¿Es culpable de jugar con dos barajas y tener distintos amores en política?

Y mucho, contestan todos los jueces.

16ª ¿Ha sido circunstancia agravante la de haber hecho creer a sus amigos que marchaba en desacuerdo y le hacía la oposición a Don Sebastián?

Sí.

17ª ¿Es circunstancia agravante la de haber dicho a este que era todo suyo explotar en su favor a los amigos?

Sí, por mayoría plena.

18ª ¿Es culpable el reo Ignacio Mejía de usar albardón con baquerillo o sea de colgarse uniforme y con decoraciones que no ha ganado y mucho menos ha recibido?

Es culpable: por unanimidad absoluta.

19ª ¿Es culpable de haber consumado estupros inmaduros y prioritarios en toda clase de diputados y patriotas?

Sí, por casi todos los votos.

20ª ¿Es culpable de atracamiento inmoderado en los tívoli y bodegones?

No: por doce votos contra uno.

21ª ¿Es culpable de haber recibido obsequios de los pretendientes y subalternos?

Sí, por una considerable mayoría.

22ª ¿Es culpable de haber comprado elogios a la prensa?

No, porque nunca gastas cuartilla.

23ª ¿Es culpable entonces de no haberlos merecido?

Sí, por dos votos de mayoría.

Última, ¿Es culpable de haber dicho discursos disparatadísimos?

¡Sí! ¡Sí! ¡Sí! a *némine discrepante*[10.]

Estas 24 declaraciones fueron entregadas al jurado de sentencia, dictó el fallo siguiente:

Vista las 500 mil hojas que compone el proceso que se incluyó al reo Ignacio Mejía, por la lista de delitos que en la carátula se expresan; oídas las declaraciones de los siete millones de testigos que están conformes con todo lo actuado; con presencia de todos los instrumentos cortantes y punzantes que fueron encontrados al reo; con examen de su hoja de servicios y todos sus derechos y decoraciones; oídos asimismo los alegatos del acusador público y de los que constituyeron partes agraviadas; oída la pésima defensa que de sí mismo hizo el reo y la brillante que

---

[10] Sin que nadie discrepe.

pronunció el defensor de pobres.

Con fundamento en los artículos 11, 12 y 13 del mismo y de todos los autores del derecho patrio, que hablan de la materia se imponen al reo Ignacio Mejía las penas siguientes:

- Por los escamoteos electorales, se le condena a la pérdida del pelo de la cabeza.
- Por el mal trato a los Estados, se le castiga con el empalamiento hasta el cogote y uso de la estaca en la parte trasera.
- Por la protección a los gobernantes pillos, en la prisión durante seis meses en una jaula de fierro.
- Por la exhumación de infidentes a la patria, a que lo vayan ensillando uno por uno.
- Por la petrificación, hacerse pato y poligamia empleomaniática, se le condena al abultamiento de vientre.
- Por jugar con dos barajas, a que vista de cuando el traje de mujer.
- Por la portación de condecoraciones indebidas, a qué vista el traje de los encuerados y lleve a raíz todas las cruces.
- Por los estupros se le castigará de vez en cuando con la pérdida de la cabeza y otros miembros.
- Por haber recibido obsequios, se le impone la pena de llevar siempre consigo, mientras no los devuelva, una carretela y un reloj de sala.
- Por los malos discursos, se le condena a dos meses de escuela.
- Se le indulta del cargo de atracones en los tívolos por hallarse enfermo del estómago.
- Ejecútese este fallo por los caricaturistas conforme se vaya presentando la oportunidad.

Siguen las firmas.

Código penal del padre Cobos
Ireneo Paz
2020